AW

„Träume, unmittelbar nach dem Erwachen aufgeschrieben, fügen sich teilweise zu surrealen, geheimnisvollen, absurden Notaten. Die scheinbar unfertigen Skizzen und Aufzeichnungen, die sich thematisch an den Roman *Ich werden heute nicht an sie denken* anschließen, entfalten eine poetische Kraft, die beim Lesen Bilder erzeugt, in denen sich Wahrscheinliches mit Unwahrscheinlichem mischt. Lassen Sie sich ein auf konträre Schlussfolgerungen, mystische Aktionen und eine ambivalente Sprache." Isa Schikorski

Adelhard Winzer, geboren in Karlshuld, Donaumoos, lebt heute im Chiemgau. Erlernte das Bäckerhandwerk. Spielte mit sechzehn in der ersten Band. War Discjockey und als Berufsmusiker in Deutschland, Österreich und der Schweiz unterwegs. Veröffentlichte ein Kinderbuch. Arbeitete in einer Großbank. Wurde zur Lesung in den Grünen Salon der Volksbühne Berlin eingeladen. Belegte den dritten Platz beim Fränkischen Kurzgeschichtenpreis. Widmete sich, nach dem Eintritt ins Pensionsalter, endgültig dem Schreiben und Zeichnen.

ADELHARD WINZER
BUCH DER TRÄUME

Aufzeichnungen

Bibliografische Information der Deutschen Nationalbibliothek: Die Deutsche Nationalbibliothek verzeichnet diese Publikation in der Deutschen Nationalbibliografie. Detaillierte bibliografische Daten sind im Internet über http://dnb.dnb.de abrufbar.

Herstellung und Verlag:
BoD – Books on Demand, Norderstedt
Umschlagzeichnung:
Adelhard Winzer

ISBN 9783755758877

BUCH DER TRÄUME

Von Beruf bin ich Mensch.
Völlig nackt stehe ich auf offener Straße.
Alle Menschen klagen mich an.

Ausgestoßen

Ich bin ausgestoßen von der Gesellschaft, gehe mit meiner Traumfrau durch ein kleines Zimmer. Setzen Sie sich, sagt sie. Der Raum ist vollgestellt mit großen Sanduhren, Kisten und vergilbten Büchern. Nur ein schmales Bett ist noch frei. Sie setzt sich zu mir. Warum fühlen Sie sich ausgestoßen?, fragt sie.

Die Möwe

Eine schwarze Möwe kommt auf mich zu, pickt mir im Vorüberfliegen ein paar Brotkrumen aus der Hand. Sie zieht weite Kreise, kehrt immer wieder zu mir zurück. Bis ich nichts mehr für sie zu fressen habe. Trotzdem halte ich weiter meine Hand in die Höhe.

Liliputaner

Zahllose Liliputaner stehen vor meiner Tür. Sie haben schwere Taschen, Koffer und Rucksäcke in den Händen. Muss das alles versichert werden?, fragen sie. Natürlich! Auch die kleinen Sachen? Vor allem die kleinen Sachen!, entgegne ich.

Flammen

Geträumt von einem Haus, das in hellen Flammen steht. Als ich aufwache, frage ich meine Traumfrau: Haben Sie dasselbe geträumt wie ich? Nicht kindisch werden, sagt sie.

Katastrophen

Ich fahre im Schneetreiben nachhause. Die Wohnung ist ausgekühlt. Ich stecke den elektrischen Heizlüfter an. Trotz eingeschaltetem Gebläse dauert es, bis es warm wird. Ich gehe ans Fenster, schaue im Balkonlicht den tanzenden Schneeflocken zu. Ich lege mich auf die Couch, stehe auf und schalte das Fernsehgerät ein. Ich schließe die Vorhänge, drehe die Lautstärke zurück, lege mich wieder hin. Ich knipse das Licht aus, beobachte die wild umhertanzenden Lichtfetzen an der Zimmerdecke, bis nur noch ein weißer Fleck zu sehen ist. Ich betrachte den Bildschirm. Eine Nachrichtensprecherin erscheint. Ich drehe nicht lauter, erfinde mir eigene Katastrophen dazu.

Die Mütze

Ein Mann steht vor meiner Tür. Er trägt
eine Mütze: rot, blau und gelb. Ich sehe
nur die Mütze, nicht sein Gesicht. Die
Farben, die Formen. Ich denke nichts
Schlechtes, ich denke nichts Gutes. Ich
bewerte nichts. Ich blicke allein auf die
Mütze des Mannes, der vor meiner Tür
steht.

Pelzmantel

Ich habe verschlafen, schaffe es trotzdem noch rechtzeitig ins Geschäft. Meine Traumfrau geht durch den Flur. Sie duzt mich und fragt: Wann fährst du? In zehn Minuten, sage ich. Dann fahre ich mit! Auf meine Frage, wohin, antwortet sie nicht, steht kurz darauf im Pelzmantel vor mir. Gut, sage ich, fahren wir, aber ich habe nicht viel Zeit. Daraufhin sagt sie: Ich fahre mit dir, wohin du willst!

Zentrale

Ich gehe mit meiner Traumfrau durch die Zentrale. Sie stellt unentwegt Fragen. Gibt es da keinen Kassenschalter? Die Kollegen kriegen große Augen. Und wo ist die Wechselabteilung? Ein Bekannter sagt: Eigentlich stehe ich mehr auf Rothaarige, aber die hier ist große Klasse! Sie folgt mir in die Scheckabteilung, blickt sich misstrauisch um, will wissen, welche Frau die Abrechnungspapiere austeilt. Dienstgeheimnis, entgegne ich. Sei ehrlich! Bin ich das nicht? Auf dem Weg zum Parkplatz sagt sie: Ich habe dir gestern einen Brief geschrieben. Seltsam, entgegne ich, gestern Abend hat bei mir jemand Sturm geläutet. Darauf sie: Ich habe keine Ahnung, welches von deinen Flittchen dich nicht in Ruhe lässt!

Das Licht

Ich stehe im Supermarkt, kaufe ein Fertiggericht. Beim Verlassen des Geschäfts schaue ich an der Fensterfront des gegenüberliegenden Wohnblocks empor und bemerke, dass in meiner Küche Licht brennt. Ich öffne die Haustür, gehe durchs Treppenhaus. Ich höre von weitem das Klingeln eines Telefons. Eine dicke Frau mit Hund an der Leine öffnet ihre Wohnungstür, schließt sie gleich wieder, als sie mich sieht. Im Briefkasten liegt ein schmales Kuvert. Das Telefon hört auf zu läuten. Ich öffne die Wohnungstür und sehe: In der Küche brennt kein Licht.

Die Pyramide

Ein Mann erscheint vor meinem Fenster. Er errichtet auf dem Fensterbrett eine Pyramide aus leeren Streichholzschachteln. Er weiß nicht, dass ich ihn beobachte. Er ist sehr beschäftigt.

Das Akkordeon

Da steht es, mit weit aufgezogenem Blasebalg. Es erinnert mich an meinen Vater. Er spielte Akkordeon, aber ohne Noten, und schämte sich manchmal dafür. Vögel brauchen auch keine Noten, sagte der Mann im Kino, aber singen sie nicht schön? Das Akkordeon hat kleine runde Knöpfe und ist diatonisch gestimmt. Das heißt bei eingezogener oder ausgeblasener Luft werden verschiedene Töne erzeugt. So wurde es vor etwa zweihundert Jahren erfunden. Ziach oder Quetschn, auch Knopfharmonika genannt. Ich erinnere mich an den Klang. Auch an die Melodien, die mein Vater gespielt hat voller Hingabe und immer fehlerfrei. Obwohl er keine Noten kannte! Da steht es: Knopfreihen abgegriffen. Zerschlissener Tragegurt. Blasebalg undicht. Unbezahlbar! Auch wenn ein Koffer für die Aufbewahrung fehlt.

Kantine

Der Mann vom Nebentisch sagte: Macht es Sinn, einen CONSUMER SERVICE einzurichten? Kaum, entgegnete sein Gegenüber. Der Mann daneben erwiderte: Wir sollten das CALLCENTER GENERALISIEREN. Eine Frauenstimme meinte: Die TASK FORCE sagt, keine unnötigen Kosten! Ich sagte: Einmal SCHWEINEBRATEN, bitte. Die Bedienung: Was wollen Sie trinken? Der Mann am Nebentisch: Wir brauchen eine MORALISCHE UNANFECHTBARKEIT!

Bücher

Ich stelle meine Bücher handschriftlich her. Ich schreibe Briefe an Interessenten. Ich betone, dass es sich um handgemachte Bücher handelt. Ich schreibe es auf Englisch, Französisch, Chinesisch mit blauer Tinte auf Büttenpapier. Ich schreibe: Meine Bücher sind lesbar!

Der Gitarrist

Er traf die schöne Frau wieder, die er von früher kannte. Ihre Brüste waren wohlgeformt. Sie lächelte, reichte ihm die Hand. Ihre Augen strahlten. Da überwältigte er sie. Seine Gitarre war gut gestimmt.

Ochsenaugen

Ein Mann steht auf meinem Balkon. Er raucht eine Zigarette. Ich stelle ihm Fragen, die er nicht beantworten kann. Ich gehe in die Küche, öffne den Kühlschrank. Neugierig blickt er durchs Fenster. Was machen Sie da?, fragt er. Ochsenaugen, sage ich.

Die Frau auf der Straße

Die Frau auf der Straße lässt sich beobachten. Nein, sie weiß nicht, dass sie
beobachtet wird. Sie lässt sich nicht beobachten. Nein, es sieht nur so aus. Sie
wird beobachtet.

Damals

Sie freuten sich, als der Spezialist mit dem Laminatboden fertig war. Die Farbe, die Maserung, einfach schön! Das war vor zwei Jahren. Jetzt wellten sich die Bretter, es gab Risse und Kannten. Billig gemacht, alles schwarz natürlich. Geld gab es damals keines! Und dieses DAMALS hörte sich an wie KRIEG.

Der Film

Ein Güterzug donnert an einem Bahn-
übergang vorbei. Die sichtbaren Lü-
cken zwischen den Waggons sehen aus
wie Lichtblitze. Es rattert und poltert.
Aber die Zeit, die der Zug braucht, um
vorbeizufahren, nimmt kein Ende.

Der Wind

Eine Frau geht eine Straße entlang, bleibt stehen, blickt sich um. Ein Mann überholt sie. Sie bückt sich, hebt einen kleinen Stein auf, betrachtet ihn und legt ihn wieder hin. Sie trägt ein weit ausgeschnittenes Kleid, der Mann eine BAYERISCHE LEDERHOSE. Die Frau steht dem Mann unerwartet gegenüber. Sie setzt zu sprechen an, sagt aber nichts. Ein starker Wind beginnt zu wehen. Er fährt in ihr Kleid, plustert es auf. Der Mann klappt seinen Joppenkragen hoch. Nicht stehen bleiben, denkt er. Der Wind lässt nach. Die Frau richtet ihr Kleid zurecht. Der Mann glaubt einen Moment lang, ein anderer geworden zu sein.

Das Unterhemd

Eine Frau steht in einem weißen Unterhemd in der Küche, hält eine Tasse Tee
in der Hand, schaut aus dem Fenster.
Leute gehen vorbei. Ein Mann bleibt
stehen, schaut sie an. Was wird sie als
nächstes tun? Sie tut nichts. Sie steht
allein in ihrem weißen Unterhemd in
der Küche und blickt aus dem Fenster.

Der Baumstamm

Fünf Männer tragen einen Baumstamm durch die Stadt. Es ist ein schön geschälter Stamm. Die Männer gehen langsam hintereinander her. Sie haben Rucksäcke auf ihren Rücken und TIROLER HÜTE auf dem Kopf. Sie gehen durch eine kleine Stadt. Es ist spät am Nachmittag. Manchmal rufen sie: Hauruck! Fünf Männer mit einem Stamm auf ihren Schultern.

Kälteeinbruch

Es ist kalt in der Wohnung. Die Heizungsanlage hat ihren Geist aufgegeben. Ich komme zu spät ins Geschäft. Ein Mitarbeiter, der am Stadtrand wohnt, sagt: Bei uns hat es zwanzig Grad minus! Ich sehe die Traumfrau in einem neuen Kleid. Das ist nicht neu, sagt sie, du kennst bloß noch nicht alles von mir! Und wann lässt du dich scheiden?, frage ich. Hör auf damit!, entgegnet sie.

Die Einladung

Ich bin bei meiner Traumfrau zum Essen eingeladen. Nach der Vorspeise sagt sie, dass sie sich wegen mir nicht scheiden lassen würde. Dazu sei sie viel zu feige, zu sehr von ihrem Vorsichtsdenken geprägt. Mädchen werden halt anders erzogen als Jungen, entgegne ich. Daraufhin meint sie: Jede Frau wünscht sich einen Mann, der stärker ist als sie! Aber du hast mit ihm gemacht, was du wolltest? Nein, entgegnet sie, er war mir ein gleichwertiger Partner, was ich von dir nicht behaupten kann.

Der Bus

Ein Unwetter fegt über der Stadt. Ich will die U-Bahn nehmen, sehe aber von weitem schon die Menschenmenge vor dem Eingangsschacht. Ich beginne zu laufen. Der Sturm reißt mir die Kapuze vom Kopf. Unerwartet hält ein Bus neben mir.

Training

Ich hole die Batterie aus dem Auto. Das ist mein tägliches Training. Batterie ausbauen, damit in die Wohnung und wieder zurück. Beim Überqueren der Straße denke ich an die Traumfrau. Aber sie ist nicht zuhause. Ich gehe ins Bad, wasche mir die Hände, bekomme einen Hustenanfall. Ich schließe die Wohnungstür, suche die CD TEARS AND LAUGHTER von DOLLAR BRAND. Ich finde sie im Schlafzimmer, lösche das Licht und lege mich hin. Im Schein der Nachtischlampe stülpe ich mir den Kopfhörer über.

Mörder

Es läutet an der Tür, aber niemand meldet sich. Ich betätige den Türöffner. Plötzlich denke ich: Jetzt habe ich meinen Mörder ins Haus gelassen!

Die Unterlagen

Katzenwäsche, Frühstück. Alles in letzter Minute. Der neue Mitarbeiter von der Zentrale nimmt sämtliche Unterlagen, die ich neben ihn hinlege, und sagt: Weil du es immer so eilig hast! Wer hat gesagt, dass die Belege für dich sind?, frage ich. Oh, Verzeihung der Herr!, entgegnet er, reicht mir die Papiere und beginnt ein Gespräch mit dem Geschäftsstellenleiter, der unerwartet vor uns steht.

Die Bank

Ich bin unterwegs zur Bank. Ich habe mich verlaufen. Ein Kind zeigt mir den Weg. Endlich habe ich das Gebäude erreicht. Es ist Nacht. Die Tür zur Kasse verschlossen. Kein Mensch weit und breit. Nur eine schwach beleuchtete Pförtnerloge.

Fragen

Ein rothaariges Mädchen kommt auf mich zu, verlangt eine Schriftprobe. Ich habe meinen Kugelschreiber vergessen. Sie lächelt verständnisvoll und sagt: Sind Sie der Mann, den ich suche?

Zuhause

Meine Mutter ist am Telefon. Ich will dich nicht stören, sagt sie. Du störst mich nicht, entgegne ich. Und wann kommst du wieder nachhause? Ich bin doch zuhause!, sage ich.

In der Schlange

Ich stand in Reih und Glied. Ich wartete, wusste nicht warum. Es war ein endlos langer Strick. Wo war der Anfang? Wo das Ende? Ich stand mittendrin!

Die Frage

Meine Traumfrau erscheint mit einer neuen Frisur. Sie sagt: Legen wir uns hin! Ich frage: Was wird dann aus der neuen Frisur? Sie drückt mich und zwickt mich. Ich ziehe den Vorhang auf und wieder zu. Sie fragt: Was machst du so lange am Fenster, erwartest du jemand? Ich hole eine Flasche Wein aus der Küche, Erdnüsse und Salzstangen. Nachdem die Flasche leer ist, liegen wir einträchtig nebeneinander. Bleibst du?, frage ich. Willst du, dass ich bleibe? Ja, und du?

Beziehung

Die Beziehung zu meiner Traumfrau ist nicht so, wie sie sein sollte. Ihre Pausen beim Telefonieren. Ihre unausgesprochenen Fragen. Vielleicht bilde ich mir das aber nur ein.

Umkleidekabine

Ich befinde mich in einem Freibad, hechte vom Sprungturm aus ins Wasser. Während ich an den Beckenrand schwimme, bemerke ich eine Frau mit aufreizend geschminktem Mund. Sie steigt vor mir aus dem Becken, langsam, lasziv. Unsere Blicke treffen sich. Sie verschwindet in einer Umkleidekabine. Ich folge ihr. Sie riecht betörend. Sie trägt ein kurzes Lederjäckchen. Was machen Sie hier?, fragt sie.

Hinrichtung

Es war so weit, ich sollte hingerichtet werden. Als Henkersmahlzeit erhielt ich Fisch. Eine Stunde wurde mir noch gewährt. Ich wünschte Schnaps zur Verdauung, nachher Beischlaf mit einer Hure. Wächter servierten mir Aquavit. Der Fisch schob sich aus meinem Mund. Die Hure trieb mich zum Wahnsinn. Ich hätte sterben wollen.

Das Haus

Mein Vater steht in einem Garten. Es ist der Garten seines Hauses, aber nicht meines Geburtshauses. Mein und dein, sage ich, endlich klare Verhältnisse!

Das Buch

Mein Onkel hat ein Buch geschrieben. Es handelt sich um einen Roman in Schlagertextform. Niemand glaubt ihm. Erst als das Buch im Schaufenster eines Tapezierwarengeschäfts liegt, beginnen sich die Leute dafür zu interessieren. Er erhält kein Honorar dafür, auch keine Tantiemen. Die Schlager sind unbrauchbar, sagt er, ich wollte nur sehen, ob sie gedruckt werden. Ich beglückwünsche ihn. Zwei Frauen warten in einem Straßenkreuzer auf mich. Fahren wir zu meinen Eltern, sage ich. Schön, wenn die auch so nett sind wie dein Onkel, machen wir Brotzeit mit ihnen!

Höhensonne

Ich bin auf dem Weg zu meiner Traumfrau. Sie ruft von weitem: Wie siehst du denn aus? Ich bin eingeschlafen unter der Höhensonne! Setz dich, es gibt Rindfleischsuppe mit Speckknödel, damit du wieder gesund wirst! Ich dachte, du machst eine gegrillte Schweinshaxe? Die war leider ausverkauft. Dabei habe ich mich schon auf die Knochen gefreut, die hätte ich nämlich der dicken Frau vor ihre Wohnungstür geworfen!

Kinder

Ich hasse Kinder, ich hasse sie!, rief die Frau. Ich weiß, wovon ich rede. Meine Wohnung liegt direkt über einem Kinderspielplatz. Seit ich dort wohne, habe ich nur noch Lärm und Geschrei. Ich hasse Kinder, und die scheinheiligen Reden der Politiker. Ich hasse sie abgrundtief. Ich will ihnen aus dem Weg gehen, aber ich kann nicht. Ich öffne das Fenster und sehe vor mir einen Kriegsschauplatz. Ich hasse Kinder, ich hasse sie! Sie verfolgen mich bis in den Schlaf!

Die Stille

Beim Gehen im Schnee fühle ich mich frei. Den Dreck ringsumher sehe ich, rege mich aber nicht auf. Die jetzt leben, sind dran, nicht ich. Das Ticken der Uhr in der holzgetäfelten Gaststube hat etwas Beschauliches. Nach einem Spaziergang hänge ich meine Jacke in die Kleiderablage, setze mich an einen Tisch und schaue zum Fenster hinaus. Ich brauche kein Radio, keinen lautstarken Moderator, der mir die Welt erklärt. Es gibt einen Stammtisch, aber niemand sitzt dort. Die Wirtin ist verschwiegen, drängt sich nicht auf. An manchen Nachmittagen, wenn überhaupt niemand hier ist, horche ich in die Stille hinein und werde ganz ruhig.

Auf dem Philosophenweg

Ich bin nicht von hier, ich habe nichts zu sagen. Es ist schwierig, stets zu sagen, was man denkt. Das, was man sagen will, kann man nicht sagen, weil es verfälscht ist, zensiert, fremdartig in jeder Sprache.

Smartphone

Nachdem ich von meiner Traumfrau als Nachsatz zu ihrer SMS den Werbespruch einer chinesischen Handyfirma erhalten hatte, entwarf ich auf dem Computer eine Antwort: Nicht von meinem Smartphone aus gesendet, weil ich keines habe. Hätte ich eines, würde ich alle Hebel in Bewegung setzen, damit sich der Konzern nicht in meine Nachrichten einmischt! Ich löschte die Zeilen, fing wieder von vorne an, überlegte, was ich schreiben könnte, damit sich meine Traumfrau nicht beleidigt fühlt. Worauf es plötzlich Mittag geworden war und ich großen Appetit auf Salzheringe bekam.

Die nackte Frau

Im Hintergrund der Chiemsee als weißer Fetzen Papier. Im Vordergrund eine Wirtschaft. Ich gehe vorbei und denke an die nackte Frau. Wie sie sich räkelt, befreit aus dem Gefängnis, das man Gesellschaft nennt. In die Hocke geht. Ihren bloßen Körper in den Fluten versteckt. Weil dort ein Mann vorbeigeht, allein am Chiemsee. Sie beobachtet im milden Abendlicht. Ihre nackten Brüste jetzt, prall im Gegenlicht, während eine pechschwarze Wolke am Himmel erscheint, unerwartet ein Kellner vor mir steht, der sagt: Es gibt nichts mehr, allein ein paar Rosthaufen, deklariert als Kunst! Ich weiß, jeder verbirgt etwas vor den andern. Der Kellner genauso wie die Frau im Chiemsee. Worauf die ersten Regentropfen ins Wasser fallen.

Handschlag

Ich treffe in einem Jazzlokal afrikanische Musiker. Wir begrüßen uns per Handschlag, fangen gemeinsam zu singen an. Ich sehe nur das Weiß ihrer Zähne. Gäste im Saal beschweren sich. Auf der Straße klatschen Passanten. Je mehr sich die Leute im Lokal empören, umso mehr begeistern sich die Leute auf der Straße. Fensterrollos werden mit lautem Krachen heruntergelassen.

Radiosprecher

Schneeregen. Spiegelglatte Straßen. Am besten wird sein, Sie bleiben heute zu Hause, meint ein Radiosprecher. Lehnen Sie sich zurück, hören Sie mir zu, ich habe ein tolles Programm für Sie zusammengestellt. Aufschneider, denke ich, du hast leicht reden!

Sportwagen

Zwei Frauen in einem roten Sportwagen überholen mich, fahren eine Zeitlang auf gleicher Höhe neben mir her. Die Beifahrerin winkt, Zigarette zwischen ihrem aufgeschlitzten Netzhandschuh, blutroter Nagellack. Ihre Fingernägel so lang, dass ich vor lauter Hinschauen von der Fahrbahn abkomme.

Probleme

Mein Wagen hat ein Problem. Das Gestänge vom Fahrersitz ist auf einer Seite gebrochen, sodass ich mich ständig am Lenkrad festhalten muss.

Der Schlüssel

Auf dem Weg zum Wohnblock fällt mir ein, dass ich vergessen habe, den Wagen abzusperren, gehe aber nicht mehr zurück.

Verfolgung

Ich bin in der U-Bahn. Das Abteil ist fast leer, nur ein Mann geht ständig hin und her, setzt sich mal hierhin, mal dorthin. Sodass ich erleichtert bin, als ich wieder im Freien stehe. Ich weiß, er ist mir gefolgt. Ich drehe mich um, sehe ihn aber nicht.

Blaue Augen

Ich bin beim Mittagessen in der Kantine. Am Nebentisch sitzt ein Mädchen mit unglaublich schönen Augen. Mehrmals treffen sich unsere Blicke. Versehentlich stößt sie ihr Glas um. Ich beuge mich über den Tisch, will ihr helfen. Da steht sie auf, verlässt fluchtartig den Raum.

Schriftsteller

Ich möchte ein Buch schreiben, um Klarheit über mich zu bekommen. Ich muss meine Gedanken ordnen, denke ich. Ich bin kompliziert, ich bin schwierig. Ich fange zu schreiben an, höre aber gleich wieder auf.

Der Wunsch

Was wünschst du dir?, fragt meine Traumfrau. Ein gutes Verhältnis!, sage ich. Sonst nichts?

Regen

Es regnet. Kann durchaus sein, dass es vorher schon geregnet hat. Es fällt mir nur auf, weil es auf einmal so still wird im Zimmer. Meine Traumfrau spricht nicht mehr, sitzt mit geschlossenen Augen in der Ecke. Richtig gemütlich ist es hier!, sage ich.

Mutter

Ich gehe mit meiner Mutter am Fluss entlang. Wo sind die Möwen, fragt sie, die Möwen sind weg! Wir gehen so weit, dass wir mit einem Bus zurückfahren müssen. Mit dir mache ich lauter Blödsinn, sagt sie. Ich schaue meine Mutter von der Seite her an und sehe, wie sie lächelt.

Das Gesicht

Ich gehe in den Supermarkt, kaufe Wein, Orangensaft, Wurst und Brot. Ein Verkäufer sagt: Unsere Angebote finden Sie weiter hinten! Ich gehe zurück zum Weinregal. Da steht eine Frau mit auffallend ruhigen Gesichtszügen und sonderbar schmalen Händen. Als sie merkt, dass ich sie beobachte, verändert sich schlagartig ihr Gesichtsausdruck.

Geburtstag

Wie alt bist du geworden?, fragt mich der gottesfürchtige Mitarbeiter aus der Zentrale. Alt genug, um zu wissen, was gespielt wird auf der Welt!, entgegne ich. Und, was wird gespielt auf der Welt? Weißt du das nicht?!

Aufmachen

Es klopft mehrmals an der Tür. Ich öffne, sehe aber niemanden. Unerwartet stellt ein Mann seinen Fuß in den Spalt und sagt: SEIT WANN WOHNEN SIE HIER? SIND SIE VERHEIRATET? HABEN SIE KINDER? LEBEN SIE ALLEIN ODER ZU ZWEIT? Auf Sie habe ich gewartet, sage ich. Kommen Sie morgen wieder, wenn ich zu Hause bin!

Fragen

Am späten Abend der Anruf von einer Versicherungsvertreterin. Ich erkläre ihr, dass ich den Vertrag längst gekündigt habe. Aber sie lässt nicht locker, fragt mehrmals: Sind Sie sicher, wirklich sicher?!

Traumfrau

Ich lege mich hin, kann aber nicht schlafen. Ich komme mir jämmerlich vor, weil ich Mutter nicht angerufen habe. Und jetzt ist es zu spät. Vor dem Haus läuft ein Wagen im Stand. Ich gehe ans Fenster. Jemand läutet an der Tür. Ich weiß, das ist die Traumfrau. Aber ich öffne nicht, lege mich wieder hin.

Vorwurf

Eisige Kälte. Ich brauche für den Weg zur Arbeit zweimal so lange wie sonst. Die Traumfrau erwartet mich vor ihrem Büro. Vorwurfsvoll sagt sie: Warum hast du nicht aufgemacht gestern Abend? Demonstrativ schließt sie die Tür hinter sich.

Schweigen

Der gottesfürchtige Mitarbeiter parkt heute seinen Wagen dicht neben meinem. Ich steige aus und zwänge mich durch die Lücke. Dabei berühre ich mit der Aktentasche versehentlich seinen Kotflügel. Hochmütig kommt er auf mich zu, sodass ich mir ein GRÜSS GOTT HERR PFARRER nicht verkneifen kann. Er schaut mich missbilligend an, sagt aber nichts.

Auftrag

Kurz vor Arbeitsschluss stehe ich im Büro meiner Traumfrau. Da kommt der Filialleiter herein. Ich spiele den Auf-einen-Auftrag-Wartenden, bleibe unbeirrt stehen, bis er das Büro verlassen hat. Daraufhin sagt sie: Ich glaube, er hat etwas gemerkt.

Bücher

Ein Mann steht vor meinem Bücherregal. Er streicht mit seinem Finger über die Buchrücken, dreht sich um und fragt: Schön, und wo ist die Schundliteratur?

Stubenhocker

Ich gehe ans Fenster, ziehe den Vorhang zu und lege mich hin. Da steht unerwartet die Traumfrau vor mir. Sie will ausgehen, Wein trinken. Immerzu sitzt du zuhause, sagt sie, so einen Stubenhocker habe ich noch nie erlebt! Das stimmt nicht, entgegne ich. Aber sie fährt fort: Mitten in der Nacht bin ich von einem furchtbaren Lärm aufgewacht. Es hörte sich an, als würde jemand einen Schrank durchs Zimmer schieben. Und du hast geschnarcht neben mir!

Kaffeetrinken

Meine Mutter erwartet mich im Büro.
Ob ich Kaffee trinken möchte mit ihr?
Ein Mitarbeiter steht vor der Tür. Ich
will nicht, dass er aufmerksam wird.
Ja, rufe ich, ich komme zum Kaffee-
trinken!

Die Heizung

Heute Nacht war schon wieder so ein Lärm, dass ich nicht schlafen konnte!, sagt die Traumfrau. Es stimmt, entgegne ich und gehe ins Bad, drehe die Heizung zurück, aber der Pfeifton hört nicht auf. Kann man das nicht abstellen?! Ich schalte die Waschmaschine ein, woraufhin sie mit dem Staubsauger durchs Zimmer fährt. Das musst du doch nicht machen, sage ich. War aber dringend nötig! Ich schalte die Waschmaschine aus, hänge die Kleidungsstücke auf. Meine Traumfrau verlässt die Wohnung, ohne sich zu verabschieden. Was mich deprimiert ist die Tatsache, dass wir uns heimlich treffen müssen: Vor dem Büro, auf dem Parkplatz, im Treppenhaus. ICH HOLE DICH VOM GESCHÄFT AB! Wie leicht sich das anhört. Dabei ist es das Komplizierteste von der Welt. Schon der Pförtner am Eingang ist ein Hindernis. Mit einem

Schlag wäre alles bekannt: DER FACH-IDIOT UND DIE TRAUMFRAU! Ich lege mich hin, bekomme Schmerzen in der Schulter, kann sie kaum noch bewegen. Erst jetzt sehe ich, was ich alles gewaschen habe. Im Wohnzimmer, im Schlafzimmer, im Flur und im Badezimmer hängen Wäschestücke. Dabei merke ich, dass ich meinen Kopfkissenüberzug vergessen habe. Alles gewaschen, nur den Kopfkissenüberzug nicht. Der liegt im Einbauschrank, zerknüllt und verschmutzt. Ich überlege, ob ich ihn allein waschen soll. Eine Maschine mit einem einzigen Kopfkissenüberzug?

Haarausfall

Die Traumfrau erzählt, sie habe heute Nacht geträumt, ihr seien alle Haare ausgefallen. Dabei massiert sie mir den Rücken, reibt mich ein mit einer wärmenden Salbe.

Die Unterschrift

Ein Bote stellt ein großes Paket auf den Tisch, zieht ein Formular aus der Tasche und sagt: Sie müssen hier unterschreiben! Nein, sage ich, das ist Ihre Sache. Sie weigern sich also? Nein, sage ich, Sie!

Problem

Die Traumfrau erwartet mich im Flur. Wir haben uns eine Woche lang nicht gesehen. Sie drückt mich an sich. Aber ich fühle mich nicht wohl dabei. Immer ist das Geschäft dazwischen, sage ich. Das ändert sich, meint sie. Und was war das gerade für eine Frau, die aus deinem Büro gekommen ist? Eine Kollegin, der geht es auch nicht gut. Wieso, geht es dir schlecht? Sie hat Probleme mit dem Freund, kommt nicht los von ihm. Willst du damit sagen, du kommst auch nicht los von deinem Mann? Ich will überhaupt nichts sagen damit!

Der Klang

Ich fahre kreuz und quer durch die Stadt, dann Richtung Traumfrau. Die Haustür steht offen. Im Treppenhaus brennt Licht. Als ich den Lift verlasse, beugt sie sich aus der Wohnungstür und sagt: Ich habe mit meinen Eltern telefoniert. Erst haben sie angerufen, dann ich. Ihre Vorwürfe und die Probleme mit den Nachbarn. Wir sind keine Familie mehr! Du unternimmst nichts für deine Befreiung, sage ich. Du isst nicht, wenn du Hunger hast. Und wenn du müde bist, legst du dich nicht hin. Merkwürdige Vergleiche hast du, entgegnet sie. Sie beginnt zu kochen. Lende vom Rind. Geröstete Zwiebeln, Salat und Kartoffeln. Wir essen schweigsam, prosten uns zu. Der Klang der Weingläser ist das einzige markante Geräusch im Zimmer. Welch ein Wunder, dass wir uns noch mögen, sage ich.

Die Sekretärin

Ich sitze allein im Büro, lese Zeitung. Die Sekretärin aus der Chefetage kommt herein und fragt: Was sagt mein Horoskop? Die Zeitung, die ich lese, hat kein Horoskop, entgegne ich, jedenfalls ist mir noch keines aufgefallen. Die Zeitung hat kein Horoskop, weil sie so elitär ist, sagt sie. Außerdem rot angehaucht. Lieber rot als tot, entgegne ich. Bereue aber sogleich, was ich gesagt habe.

Der entscheidende Moment

Ich erzähle der Traumfrau einen Traum: Ich kann ihn mir nur so erklären, dass er das Ergebnis deines bisherigen Verhaltens ist. Deine Teilnahmslosigkeit mir gegenüber in den entscheidenden Momenten! Von welchem Traum sprichst du eigentlich?, fragt sie.

Die Sprechanlage

Jemand läutet an der Tür. Ich weiß, es ist die Traumfrau. Ich gehe zur Sprechanlage und sage: Ich bin müde. Das gefällt ihr nicht. Ich soll jetzt nicht müde sein. Nein, jetzt nicht!

Das Essen

Mein Vorgesetzter ist am Telefon. Er will wissen, ob mein Arztbesuch etwas mit dem Unfall zu tun hat. Mit welchen Unfall?, frage ich. Er sagt: Wenn die Krankmeldung mit einem Unfall zusammenhängt, müssen wir die Berufsgenossenschaft benachrichtigen. Auch wenn ich mich nicht daran erinnere, sage ich: Natürlich! Sind Sie morgen im Büro? Klar! Dann gibt es Würste, Polnische oder Wiener, was wollen Sie? Polnische!, sage ich. Da fängt er zu lachen an: Ein Paar oder zwei Paar? Drei Stück für mich, entgegne ich. Kaum habe ich aufgelegt, meldet sich die Traumfrau. Sie will mich zum Essen einladen. Du hast dich zu einer guten Köchin entwickelt, sage ich, das freut mich. Sie ist verärgert über das, was ich gesagt habe. Sie will keine Köchin sein, sondern eine scharfe Mieze!

Die Freundin

Wir sind bei einer Freundin zur Silvesterparty eingeladen. Die Traumfrau ist unzufrieden mit ihrem Kleid. Kann ich überhaupt so gehen?, fragt sie auf der Straße, schiebt beide Hände in meine Manteltasche und schmiegt sich an mich. Die Freundin, erweist sich als angenehme Gastgeberin. Es gibt Sekt, Wein, Whisky. Wir warten auf den Countdown. Die Musik im Radio bringt uns in Stimmung. Gemeinsam stehen wir auf dem Balkon. Lautstark kommentieren wir das Feuerwerk.

Das Gegenteil

Während die Traumfrau einen Entenbraten herrichtet, versuche ich Mutter anzurufen. Aber ich erreiche sie nicht. Auch nicht beim zweiten Versuch. Ich schalte das Radio ein und gleich wieder aus. Schon zieht der Entenbratenduft durch die Wohnung. Wie lange noch?, frage ich. Zwei Stunden Bratzeit, sagt sie. Reicht das? Ja, aber vielleicht weiß es deine Mutter besser?! Ich denke bei dem Wort MUTTER an hausgemachte Kartoffelknödel, Blaukraut und Bier. Weißt du, dass ich meine Kindheit auf einem Bauernhof verbracht habe?, frage ich. Aber sie antwortet nicht. Sie stellt die gebratene Ente auf den Tisch, zerteilt sie mit beiden Händen. Ich sage scherzhaft: Hast du keine Manieren? Was soll denn das, mein Mann überhäuft mich mit Zärtlichkeiten und du machst das Gegenteil! Dann bin ich halt das Gegenteil, entgegne ich.

Das Lächeln

Zwei Reihen vor mir in der U-Bahn sitzt eine Bekannte, die mich früher einmal in große Schwierigkeiten gebracht hat. Ich habe sie sofort erkannt, schaue aber nicht hin. Auch sie ist aufmerksam geworden. Nach einiger Zeit gebe ich mich zu erkennen, indem ich lächle. Da lächelt auch sie.

Das Lokal

Die Traumfrau will mit mir in ein Nobelrestaurant gehen, das hervorragende Kritiken erhalten hat. Aber ich lehne ab. Ich sage: Bitte nicht in dieses Lokal. Wieso? Ich war einmal mit einer Freundin dort! Läufst du etwa vor deiner Vergangenheit davon? Nein, das könnte man eher von dir behaupten. Bei mir wäre das auch etwas anderes! Natürlich, sage ich. Wieso sträubst du dich dann, in dieses Restaurant zu gehen? Wieso? Wir kamen uns vor wie Aussätzige, mussten über eine Stunde warten, die Bedienung war so was von distinguiert, und das Essen erst, ich mag nicht daran denken! Du willst also nicht? Auf keinen Fall! Und wenn ich dich einlade? Nein, kommt nicht in Frage. Daraufhin sagt sie, dass sie gestern beim Zahnarzt war: Der Termin wurde kurzfristig abgesagt, weil der Zahnarzt krank geworden ist. Dafür habe ich ein neues Bett bestellt, Teppiche gekauft und ein Rollo fürs Fenster. Neue Vorhänge habe ich auch aufgehängt.

Beweise

Die Traumfrau sitzt bei mir auf der Couch. Sie sagt: Es stimmt, ich will bei dir sein und doch nicht. Ich habe das genau gefühlt, als du zum ersten Mal in meiner Wohnung warst. Diese Unzufriedenheit. Ich weiß nicht, ob wir zusammenpassen. Es betrübt mich, weil du so wenig Geld hast. Ich möchte mit dir ausgehen können, ohne dass du aufs Geld schauen musst. Was du über das Lokal gesagt hast, stimmt auch nicht, das Restaurant gibt es erst seit einem Monat, und seit zwei Monaten kennen wir uns. Es war nur eine Ausrede, stimmt's? Wieso? Wenn du wirklich in diesem Restaurant gewesen bist, dann nur während unserer Zeit, ist doch klar, oder?! Hab ich dir davon nicht erzählt? Nein, wahrscheinlich geht es dir ums Geld. Und, wäre das so schlimm?

Der Unfall

Meine Traumfrau telefoniert mit ihrer Freundin. Sie liegt in einer Klinik. Geht es ihr nicht gut?, frage ich. Nein, sie wurde bei einem Verkehrsunfall schwer verletzt! Ich möchte sie heute besuchen, begleitest du mich?

Das Problem

Meine Probleme, die ich immer versuche kleiner zu machen, als sie sind, erscheinen dann zwar kleiner, verschwinden aber nicht. Während ich Musik von SABICAS & JOE BECK höre, sagt die Traumfrau: Nehmen wir deinen Wagen. Warum? Weil meiner in der Werkstatt steht. Und wohin? Die Freundin in der Klinik besuchen! Darf ich das Gitarrenstück noch zu Ende hören? Natürlich, wie heißt es denn? FLAMENCO ROCK. Du weißt aber auch alles! Nein, ich habe nur zufällig die Schallplatte. Dann können wir ja fahren? Ja, und wo ist die Klinik? Hast du kein Navy im Auto?!

Die Lichtmaschine

Es ist neblig, kalt. Die Heizung funktioniert nicht. Das Licht wird schwächer. Wahrscheinlich ist die Lichtmaschine defekt, denke ich. Der Motor fängt zu stottern an. Und so willst du fahren?, fragt die Traumfrau. Wir sind fast schon da!, sage ich.

Klinik

Die Klinik erinnert mich an ein Flughafengebäude. Es dauert, bis wir den Informationsschalter gefunden haben. Neunter Stock, sagt die Frau hinter der Glasscheibe. Als die Tür zum Lift aufgeht, denke ich an meine Gallenoperation. Es riecht nach Desinfektionsmittel. Weißer Flur mit Kandinskyposter. Eine Krankenschwester stützt gerade eine Frau in ihrem Bett auf, als wir das Zimmer betreten. Die Freundin im Nebenbett sieht blass aus, versucht zu lächeln. Sie kann kaum sprechen, zeigt uns ihren Gipsfuß, ihren geschienten Arm. Sie wirkt sehr erschöpft. Immer wieder fallen ihr die Augen zu. Es ist besser, wenn Sie wieder gehen, meint die Krankenschwester. Wie lange muss denn die Freundin im Krankenhaus bleiben?, frage ich. Aber die Traumfrau antwortet nicht, weil mein Wagen nicht anspringt. Ein Besucher hilft mit einem Starterkabel. Die Traumfrau bedankt sich überschwänglich bei ihm. Der Wagen läuft nicht rund. Steig endlich ein!, sage ich. Schon fängt der Wagen zu stottern an. Und es geht nur noch mit Standlicht. Schönes Auto hast du, meint sie, wie soll das weitergehen? Bitte, hör auf!, entgegne ich. Kurz bevor der Wagen völlig zusammenbricht, erscheint die rettende Tankstelle. Schließlich fahren wir mit einem Taxi nachhause.

Der Öltank

Die Hausmeisterin steht vor der Tür. Gut, dass ich Sie treffe, sagt sie, nächste Woche funktionieren die Heizkörper nicht. Ein neuer Öltank wird eingebaut, Heißwasser gibt es dann auch nicht! Warum muss das im Winter gemacht werden?, frage ich. Als Antwort zieht sie nur ihre Schultern hoch.

Pralinen

Ich erwarte die Traumfrau vor ihrem Büro. Aber sie erscheint nicht. Ich habe keine Zeit mehr, gehe hinein und lege eine Praline auf ihren Schreibtisch. Geschwind ziehe ich die Tür hinter mir zu.

Die Reparatur

Ich erhalte einen Anruf vom Tankstellenbesitzer. Woher haben Sie meine Geschäftsnummer?, frage ich. Von der Frau, die heute Morgen bei uns angerufen hat. Welche Frau? Da müsste ich den Mitarbeiter fragen, jedenfalls wird Sie die Reparatur ein paar hundert Euro kosten. Gleich darauf treffe ich die Traumfrau im Flur. Schau, sagt sie, es steht schon in der Zeitung – TÖDLICHE MASSENKARAMBOLAGE AUF DER AUTOBAHN. Noch bevor ich etwas sagen kann, erscheint ihr Chef in der Tür.

Mittag

Ich bin beim Mittagessen in der Kantine. Eine Mitarbeiterin beschwert sich am Nebentisch lautstark über einen Arbeitskollegen. Ich dachte immer, das sei eine seriöse Mitarbeiterin. Wie verkrampft sie jetzt da sitzt, ihr Recht haben will, über die Fehler anderer herzieht, dabei jegliche Ausstrahlung verliert!

Autobatterie

Eine Frau, die meiner Mutter ähnlich sieht, beobachtet mich beim Überqueren der Straße. Kaum bin ich in der Wohnung, läutet das Telefon. Der Tankstellenbesitzer meint: Wir haben jetzt Ihre Autobatterie aufgeladen, damit Sie wieder fahren können! Mit der Lichtmaschine gibt es aber Probleme. Daraufhin telefoniere ich mit einigen Reparaturwerkstätten. Schließlich finde ich einen Mechaniker, der alles privat machen will. Lohnt sich das noch?, frage ich. Keine Ahnung, jedenfalls kostet es bei mir nur die Hälfte!

Mutter

Ich rufe meine Mutter an. Es ist kalt bei uns, meint sie. Bald wird es schneien! Sie sagt nicht, dass ich nachhause kommen soll. Erst als ich ihr das Dilemma mit dem Wagen erkläre, meint sie: Dann wird es also nichts? Ich frage sie, wie ich meine Vorhänge und Stores waschen soll, damit sie richtig sauber werden. Sie gibt mir ein paar Tipps und bedankt sich für den Anruf. Du musst dich nicht bedanken, sage ich. Doch, es war schön, dich mal wieder zu hören!

Mitternacht

Kurz vor Mitternacht erreiche ich die Traumfrau am Telefon: Ich würde mich gerne noch auf den Weg machen und bei dir vorbeischauen, sage ich. Gut, wenn du willst, schau vorbei! Als ich ankomme, erzählt sie mir etwas von einem Wochenendmeditationskurs, an dem sie teilnehmen will. Der interessiert mich jetzt aber nicht.

Frühstück

Ich frühstücke mit der Traumfrau. Es gibt Kaffee, Tee, Butterbrezen und Orangensaft. Kaum sind wir fertig, läutet das Telefon. Das ist mein Mann!, sagt sie. Aber es ist ein Bekannter, der ihre Freundin besuchen will. Sie versucht ihm den Weg zur Klinik zu erklären. Er muss links abbiegen, sage ich ein paarmal, nach der Kreuzung links! Aber sie meint: Wir sind doch schon viel weiter! Jetzt fängt es an, denke ich. Fängt es nicht immer so an? Sie telefoniert mit der Freundin und verspricht ihr, dass wir sie heute noch besuchen.

Der Weg zur Klinik

Ich fahre mit dem Wagen von meiner Traumfrau. Vor der Autobahnauffahrt sehe ich ein aufreizend gekleidetes Mädchen. Ich fahre langsam an ihr vorbei. Nehmen wir die Mieze mit?, frage ich, sage aber gleich darauf: Nein, die nehmen wir nicht mit! Wärst du allein, hättest du sie mitgenommen, meint sie. Natürlich, entgegne ich, sie erinnert mich an die Mollige von der Zentrale, die mit dem Superbusen. Du Ferkel, sagt sie, fahr anständig! Sie zwickt mich in den Oberschenkel, sodass ich unwillkürlich mit dem Fuß auf der Bremse lande.

Das Krankenzimmer

Im Krankenzimmer stehen zwei Ärzte.
Die Freundin wird gerade im Rollstuhl
von der Röntgenstation gebracht. Ihre
Eltern verabschieden sich theatralisch
von ihr. Die Krankenschwester bittet
uns mehrmals, zur Seite zu gehen. Wir
wissen nicht wohin, verlassen das Krankenhaus gleich wieder. Die Traumfrau
meint: Ich glaube, meine Freundin hat
uns gar nicht erkannt.

Trinkgeld

Der Tankstellenbesitzer verlangt nichts
für das Batterieaufladen. Ich will ihm
Trinkgeld geben, doch das lehnt er ab.
Er reicht mir die Autoschlüssel, schielt
dabei auf meine Traumfrau und sagt:
Gute Fahrt!

Thermometer

Ich wälze mich im Bett hin und her. Was hast du denn, fragt die Traumfrau – kannst du nicht schlafen? Die Bettdecke ist so warm, ich ersticke darunter! Die ist aber mit Daunen gefüllt, das ist kein billiges Zeug! Von billig habe ich auch nichts gesagt, ich glaube nur ersticken zu müssen. Du übertreibst, wie immer! Von wegen. Ich hole ein Thermometer aus der Küche, lege es ins Bett. Sie zieht es heraus. Da, schau, sage ich, achtunddreißig Grad Celsius, das ist ja nicht auszuhalten! Ich trinke einen Schnaps und lege mich auf die Couch.

Die Wahrheit

Mein Mann war heute Morgen hier, als du noch geschnarcht hast, sagt die Traumfrau. Er hat sich den Schlüssel fürs Geschäft geholt. Sie geht ins Bad. Ich folge ihr. Wir setzen uns gemeinsam in die Badewanne. Ich seife sie ein, wasche ihr den Rücken. Wir trocknen uns gegenseitig ab. Sie fragt, ob es mir peinlich sei, wenn sie nackt durchs Zimmer gehe. Nein, sage ich. Aber besonders gern hast du es nicht, oder? Was willst du denn hören?, frage ich. Die Wahrheit!, sagt sie. Was für eine Wahrheit?

Versöhnung

Ich gehe durch eine Unterführung. Papierblätter mit endlosen Zahlenreihen hängen an der Wand. Obwohl es Winter ist und Spuren von Matsch und Schnee durch den Tunnel führen, gehe ich barfuß. Die Traumfrau und ich haben uns am Abend gestritten. Ich weiß nicht mehr warum. Ich habe ein Fußbad genommen, während sie Rechnungen und Briefe sortiert hat. Ich weiß nur noch, dass wir anschließend GROSSE VERSÖHNUNG gefeiert haben.

Fehler

Die Traumfrau steht vor ihrem Büro, drückt mir ein Kuvert in die Hand und sagt: Hier sind die Schlüssel für die Wohnung! Sie fügt hinzu: Es ist leider nichts mehr im Kühlschrank! Das macht nichts, entgegne ich. Der Schlüssel passt. Ich gehe ins Bad, wasche mir die Hände. Kaum bin ich fertig, läutet es an der Tür. Das ist sie. Ich erkenne es am vereinbarten Klingelzeichen. Sie geht schnurstracks zur Balkontür, öffnet sie und sagt: Was riecht hier so komisch? Sie lässt die Balkontür offen, verschwindet in der Küche. Schließlich kehrt sie zurück zu mir, setzt sich und fragt: Was hältst du von der Wohnungseinrichtung? Wieso? Weil wir noch nie darüber gesprochen haben. Die Couch ist zu klein, sage ich, verschiedenfarbige Wände, Schränke wie vor hundert Jahren! Ich weiß, man müsste investieren, meint sie. Außerdem ist der Heizkörper defekt und die Balkontür schließt nicht richtig, vom Fenster im Badezimmer ganz zu schweigen! Du siehst nur das Negative, entgegnet sie, sag endlich, was dir gefällt, was du magst! Ich mag, dass du mich magst, das gefällt mir, sage ich. Das ist grammatikalisch völlig falsch, entgegnet sie und lacht. Lach nur, ich weiß, dass du nicht loskommst von deinem Mann und deinen Schuldgefühlen, wahrscheinlich brauchst du das. Ja, es stimmt, du hast recht, es stimmt alles, was du sagst, aber was hat das mit der Wohnungseinrichtung zu tun? Weil ich weiß, dass du damit auch nicht zufrieden bist!

Der Einbruch

Die Eingangstür zur Zentrale steht sperrangelweit offen. Kein Pförtner, kein Schalterbeamter, keine Putzfrau. Ein Blinder geht durch den Flur. Ich rufe, aber niemand meldet sich. Ich sehe Einschusslöcher im Panzerglas. Einen gesprengten Safe. Totenstille. Ich bekomme es mit der Angst zu tun und denke, alle werden glauben, dass ich es war!

Sinnlosigkeit

Meine Traumfrau schließt die Tür hinter sich, geht ins Bad, wäscht sich, cremt sich ein. Wo warst du?, frage ich. Ich wollte nur sehen, wie es ihm geht. Und, wie geht es ihm? Ich weiß nicht. Was weißt du nicht? Es hat keinen Sinn! Was? Ich kann mit dir nicht darüber reden, ich fühle jede Minute anders! Ich schalte den Heizlüfter ein. Aber das Zimmer wird nicht warm. Sie will jetzt gehen. Allein sein. Sie möchte auch nicht, dass ich sie zur U-Bahn begleite. Nein, sie will jetzt allein sein.

Gemeinsam

Die Traumfrau ist wie ausgewechselt, erzählt mir plötzlich etwas von einer Dreizimmerwohnung im Bankenviertel. Wäre das nichts für uns zwei? Worauf ich antworte: Wäre es nicht besser, wir würden uns eine Zeit lang nicht sehen?!

Der Anruf

Ich gehe allein durch den Flur. Die dicke Frau und ihr Hund beobachten mich. Im Briefkasten ein Zettel von der Hausverwaltung. Ich bleibe stehen und lese: Leider funktioniert der Heizungskessel noch nicht! In der Wohnung setze ich einen Beschwerdebrief auf, zerreiße ihn wieder. Ich lege mich hin. Kurz vor dem Einschlafen bleibt ein Wagen mit lautem Sirengeheul an der Kreuzung stehen. Ich frage mich, warum hält er, wenn es sich um einen Notfall handelt? Ich stehe auf und gehe zur Wohnungstür, drehe zweimal den Schlüssel um im Schloss. Der Wagen fährt weiter. Ich lege mich wieder hin. Bald darauf ein Anruf von der Traumfrau. Ich sage: Mir geht es nicht gut! Hör zu, erwidert sie, ich setze mich jetzt ins Auto und fahre zu dir. Wenn du mich nicht reinlässt, trete ich die Tür ein!

Der Rabe

Ich gehe am Fluss entlang. Möwen umkreisen mich, stoßen wilde Schreie aus. Vor und hinter mir nichts als Möwen. Ich spüre den Luftzug ihrer Flügelschläge im Gesicht, während vor mir ein Rabe auf einem Ast zu krächzen anfängt.

Das Wort

Ich suche das Wort, das uns befreien
könnte. Jeder hat sein Leben in der
Hand. Aber das stimmt nicht. Man
müsste sich ändern, um weiterzukom-
men. Also geben wir den Umständen
die Schuld.

Der Stuhl

Die Traumfrau blättert in einem Möbelkatalog. Es ist still in der Wohnung. Sie reicht mir den Katalog und fragt: Wie gefällt dir der Stuhl, glaubst du, er würde zum Schreibtisch passen? Du möchtest die Wohnung einrichten und fragst mich um Rat, dabei hast du dich längst entschieden. Nein, entgegnet sie, das hab ich nicht! Ich weiß, sie will mich in ihre Planung miteinbeziehen, wissen, was ich davon halte. Aber jetzt nimmt sie mir den Katalog aus der Hand, wechselt das Thema und sagt, dass sie heute vom Chef eine Rüge erhalten habe. Ich sage: Ich bin ein schlechter Seelentröster! Und noch ehe ich mich versehe, streiten wir.

Die Schuld

Aufgewacht durch ein Geräusch, als würde sich jemand gegen die Fensterscheibe stemmen. Ein Tier, ein Übermensch. Ein Riese, der eine alte Schuld begleichen will bei mir.

Fieber

Ich stehe auf mit Kopfschmerzen, ziehe den Vorhang zurück. Ich gehe in den Supermarkt und kaufe Zitronen, Rum, Honig und Tee. Ich mache ein Dampfbad. Esse Bananen, trinke Tee und Zitronensaft. Ich lege mich ins Bett. Schlafe ein, wache wieder auf.

Der Fremde

Ein Mann erscheint täglich vor meiner Tür, bis ich ihn willkommen heiße. Er braucht mich, sagt er. Weiß aber nicht warum.

Zeugnis

Ein Lehrer aus der Schulzeit will meine Zeugnisse sehen. Er sagt, es sei ihm ein Fehler unterlaufen. Mit verschränkten Armen steht er vor mir. Aber ich finde die Zeugnisse nicht.

Arzneimittel

Es regnet seit den frühen Morgenstunden. Ich liege schweißgebadet im Bett. Die Traumfrau ruft mich zweimal an. Sie will wissen, ob sie mir etwas besorgen soll. Kalbsschnitzel, sagt sie, ich mache dir Kalbsschnitzel. Die magst du doch so gerne? Ich stehe auf und öffne die Balkontür. Das Zischen der Autoreifen auf der nassen Straße hört sich aggressiv an. Die Verkehrsampel schaltet auf Rot. Ich höre eine Stimme, drehe mich um. Da steht die Traumfrau vor mir. Ihre Jacke, die Mütze, die Schuhe, alles pitschnass. Sie verschwindet in der Küche, macht Kalbsschnitzel mit Reis und Salat. Ich bekomme Schüttelfrost, Schweißausbrüche. Beim Essen fragt sie, ob ich es noch nicht begriffen hätte: Ich will nur dich und sonst keinen! Sie wiederholt, was sie gesagt hat, kommt zu mir, umarmt mich. Ich rühre mich nicht vom

Fleck. Ob es dir recht ist oder nicht, aber ich will jetzt mit dir schmusen! Arzneimittel, frage ich, hast du Arznei- mittel mitgebracht? Natürlich, sagt sie, ich habe alles, was du brauchst!

Der Mittelpunkt

Aufgewacht ohne Schmerzen. Ein neuer Morgen, denke ich. Jedenfalls geht es mir schon besser. Die Traumfrau steht wieder im Mittelpunkt. Wie sie mich umsorgt, Spiegeleier macht mit Salat und Speck, mich fürsorglich behandelt. Sich in den Sessel fallen lässt, sich räkelt und streckt, laut die Frage stellt, warum sie mich eigentlich mag? Bitte, keine Probleme jetzt!, entgegne ich. Gut, sagt sie, fangen wir an, sie zu beseitigen.

Sondermünzen

Zahlreiche Rentner warten im Schneetreiben auf die Ausgabe von Kalendern
und Sondermünzen. Ich mache einen
weiten Bogen um sie. Vor der Zentrale
steht der gottesfürchtige Mitarbeiter
und fragt: Brauchen Sie keinen Kalen-
der?

Der Blick

Ich stehe im Supermarkt an der Kasse. Hinter mir meine Traumfrau. Nachdem ich bezahlt habe, geht sie langsam an mir vorbei. Sie bleibt stehen, dreht sich um. Fast gleichzeitig schauen wir uns in die Augen.

Egal

Die Verkäuferin sagte: Ob das jetzt hergestellt wurde in Indien oder Vietnam, ob subventioniert oder nicht. Ganz egal! Das Bild ist immer das gleiche, wenn die Kasse stimmt.

Die Suche

Ich beobachte meine Traumfrau, wie sie in den Keller geht. Ich folge ihr. Vor einer großen Metalltür bleibt sie stehen und fragt: Weißt du, was ich hier suche? Wieso?, entgegne ich, Frauen sagen doch alles erst hinterher.

Supermarkt

Ich stehe vor dem Supermarkt, for-
me einen Schneeball. Da erwacht das
rebellische Kind in mir, wirft den
Schneeball ans Schaufenster. Preise
wie in einer Apotheke! Waren mit ab-
gelaufenem Verfallsdatum! Die Frau
an der Kasse grüßt nicht! Vor dem Eingang steht: HERZLICH WILLKOMMEN!
Dabei weiß jedes Kind, Buchstaben al-
leine genügen nicht!

Pfeil und Bogen

Ein Mann schießt mit Pfeil und Bogen auf unbewegliche Ziele. Im Hintergrund steht eine Frau vor einer Staffelei. Ihr habt es leicht, sage ich. Ihr habt keine Probleme! Ihr schießt alles nieder und malt dann ein Bild davon.

Möwen

Eine Sandbank im Fluss, auf der un-
zählige Möwen sitzen. Ich bleibe stehen und beobachte, wie sie sich sonnen
und ihr Federkleid putzen. Plötzlich
flattern sie wie auf ein Zeichen hin auf,
überschlagen sich und lassen sich fallen, fangen sich wieder, bleiben vor
mir stehen im Wind.

Eisregen

Eisregen über Nacht. Ich merke, die Erkältung hat mich noch im Griff. Ich brauche eine Ewigkeit, bis ich die Autoscheiben freigekratzt habe. Unterwegs komme ich in einer Kurve fast ins Schleudern. Die Traumfrau steht lächelnd vor ihrem Büro und fragt: Magst du mich noch? Und du?, frage ich. Nein, erst du!, sagt sie.

Der Tisch

Durch den Vorhangspalt fällt Licht,
das sich im Zimmer über all die Fussel
und Staubkörner legt. Meine Traumfrau ist am Telefon und erzählt, dass sie
bei ihren Eltern gewesen sei. Einen
großen Tisch habe sie gekauft, auch ein
paar neue Stühle. Ob wir es nicht noch
einmal miteinander versuchen sollten?
Ich weiß nicht, was du meinst, sage ich.
Aber ich!, entgegnet sie.

Altersheim

Die Traumfrau meldet sich nochmal.
Sie sagt: Es tut mir leid, dass ich dich
heute Morgen so überfallen habe am
Telefon, aber du weißt ja nicht, was los
ist bei meinen Eltern. Die Landschaft
wurde total verbaut. Wo früher ein paar
Häuser standen, ist jetzt eine Siedlung.
Die Häuserblocks kreuz und quer und
so eng aneinandergebaut, dass man
beim Essen den Nachbarn in den Sup-
pentopf schauen kann. Unbegreiflich,
wie so etwas genehmigt werden konnte! Und die Kinder vom Nachbarhaus
schreien und grölen, führen sich auf,
als wären sie allein auf der Welt. Am
Abend donnern sie ihren Fußball an die
Hauswand, dass man verrückt werden
kann. Will man sich beschweren, wird
man von den Eltern beschimpft: GE-
HEN SIE DOCH INS ALTERSHEIM,
WENN IHNEN DAS NICHT PASST! Ihre
Kinder bekämen Depressionen, wenn

sie nicht machen dürften, was sie wollen! Ganz schrecklich ist das, und nicht nur für alte Leute. Zwei Familien sind bereits weggezogen, weil sie das aggressive Verhalten dieser Eltern nicht mehr ertragen haben. Und ihre Kinder drangsalieren weiter die Anwohner. Keiner traut sich mehr etwas zu sagen. Weil Kinder heutzutage laut Gesetz alles machen dürfen! Aber was ist das für ein Gesetz, das andere Menschen ausgrenzt und ein Zusammenleben unmöglich macht?!

Die Bank

Ich gehe mit meiner Traumfrau schwei-
gend am Fluss entlang. Erst nachdem
wir auf einer Bank sitzen, taut sie auf
und sagt: Ich mag dich noch immer!
Sie freut sich, dass ich es war, der noch
einmal auf sie zugegangen ist.

Kälte

Ich habe furchterregende Träume, erinnere mich nicht mehr an sie. Mir ist kalt und heiß zugleich. Ich kann nicht mehr schlafen. Schweißüberströmt erwache ich im Bett.

Adelhard Winzer

Die Sprachgrenze
Geschichten. 2018. 184 Seiten
Paperback. ISBN 9783746087429

Lügengeschichten
2018. 132 Seiten. Paperback
ISBN 9783752862102

Stockholm Blues
Kurzprosa. 2018. 92 Seiten
Paperback. ISBN 9783752839814

Hundert Zeichnungen
2018. 116 Seiten. Paperback
ISBN 9783744885737

Grundsätze über die Kunst
2018. 72 Seiten. (Ohne Paginierung)
Paperback. ISBN 9783748102038

Andreas
(Reprint). 2019
80 Seiten. Paperback
ISBN 9783749436804

Venedig, von hier aus
Aufzeichnungen. 2019. 212 Seiten
Paperback. ISBN 9783749437481

33 Computer-Zeichnungen
2019. 88 Seiten. (Ohne Paginierung)
Paperback. ISBN 9783748108559

Der Pensionist
Geschichten. 2019. 156 Seiten
Paperback. ISBN 9783749455041

Krethi und Plethi / Das Korkenspiel
Zwei Stücke. 2019. 124 Seiten
Paperback. ISBN 9783750414716

Italienische Skizzen
Prosa. 2020. 136 Seiten. Paperback
ISBN 9783750403208

Die kürzeste Liebesgeschichte der Welt
Gedichte. 2020. 124 Seiten. Paperback
ISBN 9783750437289

Die Kunst des Drachentötens
Capriccios. 2020. 148 Seiten
Paperback. ISBN 9783751937122

Lieblose Zeiten
Gedichte. 2020. 116 Seiten
Paperback. ISBN 9783750452015

Liebes, böses Kind
Drama. 2020. 88 Seiten. Paperback
ISBN 9783751976794

Maratonga
Ein Traumspiel. 2020. 104 Seiten
Paperback. ISBN 9783751993920

Strandgut
Miniaturen. 2021. (Ohne Paginierung)
216 Seiten. Paperback. ISBN 9783750442276

Heimkehr
Erzählung. 2021. 88 Seiten
Paperback. ISBN 9783753408361

Über die Sprache hinaus
Biographisches. 2021. 84 Seiten
Paperback. ISBN 9783753460789

Rückschau
Lesebuch. 2021. 184 Seiten
Paperback. ISBN 9783753472461

Ich bin offen für alles
Geschichten. 2021. 160 Seiten
Paperback. ISBN 9783754311431

Babylon! / Callas
Zwei Stücke. 2021. 156 Seiten
Paperback. ISBN 9783754312605

Lebenslauf
Gedichte. 2021. 100 Seiten
Paperback. ISBN 9783754315088

Repetition
Ein Spiel. 2021. 116 Seiten
Paperback. ISBN 9783754355916

Ich werde heute nicht an sie denken
Roman. 2021. 212 Seiten
Paperback. ISBN 9783755727613